Amber Auburn
Kampfgeist - Academy of Shapeshifters

Amber Auburn

KAMPFGEIST

ACADEMY OF SHAPESHIFTERS

EPISODE 12

Fantasyserie

Kontakt über:
Mainwunder Agentur für kreative Kommunikation
Heinreich-Heine-Str.13
63303 Dreieich (Kreis Offenbach am Main)

1. Auflage
Lektorat: Marlies Lüer, www.silberworte.de
Coverdesign: Juliane Schneeweiss, www.juliane-schneeweiss.com
Mädchen © depositphotos.com/khorzhevska
Panther © depositphotos.com/VolodymyrBur
Grafiken © depositphotos.com/yyanng

Druck: CreateSpace
Amazon Media EU S.à r.l.
5 Rue Plaetis
L-2338 Luxembourg

ISBN-13: 978-1544160238
ISBN-10: 1544160232

Bevor ich in das Camp gekommen war, hatte ich mich nie für eine besonders starke Person gehalten. Die Verachtung meiner Mitschüler, das Gerede über mich, meine Klamotten und meine schrullige Tante, all das hatte mir immer zugesetzt. Es hatte mich verletzt, ohne dass ich etwas dagegen tun konnte. Die Folge war, dass ich mich zurückzog, die Einsamkeit des Waldes suchte und mir einredete, niemanden für mein Glück zu brauchen. Ich dachte, alleine wäre ich besser dran. Doch das war eine Lüge gewesen - all die Jahre - vom ersten Schultag bis zu meinem sechzehnten Geburtstag - hatte ich mir etwas vorgemacht.

Ich wollte nie alleine sein. Ich wollte Menschen um mich haben, die mir Kraft schenkten, meinem Leben einen Sinn gaben und bei denen ich genau so sein konnte, wie ich bin. Eben einfach Lena. Dass ich einmal so viele Freunde finden würde, hätte ich mir nie ausmalen können. Dass sie keine Menschen waren, sondern genau wie ich seltsam, anders, besonders waren, ebenso wenig.

Aber jetzt und hier, auf mich alleine gestellt, im Wald, ein Ziel vor Augen, gelang es mir, aus einem schier endlosen Teil meiner Selbst Kraft zu schöpfen. Ich weiß nicht, ob es der Fuchs war oder ich oder eine Mischung aus uns beiden. Ich weiß nur, dass wir schnell waren - stark, ungebrochen. Als würde der Schnee nur so unter meinen Pfoten dahinschmelzen, jagte ich durch den Wald. Es war mitten am Tag, um mich herum toste ein Flockenmeer. Mein Instinkt führte mich, ließ mich nicht zurückblicken. Ich wusste, wo sich das kleine Erdloch unter dem riesigen Baum befand. Genau dorthin war ich auf dem Weg. Ich hatte die Hoffnung noch nicht aufgegeben, dass Janis, Ben, Matteo und die anderen noch dort waren, dass vielleicht nur ein paar wenige Tage vergangen waren, in denen man mich in den Laboren gefangen gehalten hatte. Ich hoffte so sehr, dass es nicht zu spät war. Sie waren sicher noch da und warteten auf mich. Sie mussten da sein! Nur mit ihrer Hilfe war es mir möglich, in die Labore zurückzukehren und meine Freunde zu retten. Finn und Rajani waren dort, Viviane und Noel und all die anderen, die in winzig kleinen Käfigen steckten und zu irgendwelchen dubiosen Forschungszwecken missbraucht wurden.

Ich war zwar frei und hatte die Möglichkeit zu fliehen, dafür hatten Noel und mein unbekannter Retter gesorgt. Doch ich konnte unmöglich verschwinden und sie alle zurücklassen. Mein oberstes Ziel war es, sie alle zu befreien und wenn ich dabei mein Leben geben würde!

Die Nacht brach schneller herein als mir lieb war. Obwohl ich in Fuchsgestalt gut sehen konnte, war es schwerer, den Weg zurückzufinden als gedacht. Die Bäume verschwammen trotz des hellen Schnees, der noch immer überall aufgetürmt lag, zu grauenvollen Schattengestalten. Äste ragten wie Finger zu mir herab und mehr als einmal streifte mich einer davon und schnitt in meine Haut. Ich war irgendwann selbst als Fuchs so erschöpft, dass ich nur noch gehen konnte. Ich war dem Versteck nahe und doch konnte ich es nicht finden. Alle Bäume sahen im Zwielicht gleich aus. Zweifel machten sich in meinem Verstand breit.

Bin ich falsch? Habe ich etwas übersehen? Oder komme ich zu spät?

Ich drehte mich im Kreis, versuchte, die Orientierung wiederzugewinnen. Doch je mehr ich mich drehte, desto verlorener fühlte ich mich. Als letzten Ausweg gab ich ein Jaulen von mir, das eindeutig als Hilferuf gewertet werden konnte. Ich hatte kaum den Kopf in die Höhe gerissen, da stürzte ein Schatten auf mich nieder. Klauen legten sich wie Finger um meine Schnauze und unterdrückten jeden weiteren Laut. Aus angstgeweiteten Augen starrte ich auf einen befiederten schwarzen Kopf. Große schwarze Augen spiegelten mich verzerrt wieder.

Ein langer scharfkantiger Schnabel klappte bedrohlich auf und zu.

Runa!

Das Rabenmädchen zerrte mich zu einem nahegelegenen Baum und verwandelte sich zurück. »Bist du verrückt, hier so rumzuheulen?«

Ich verwandelte mich ebenfalls und fiel ihr vor Freude um den Hals, was sie allerdings nicht zuließ. Sie stieß mich von sich.

»Was soll das? Willst du uns die Captoren auf den Hals hetzen?«

»Uns?« Ich konnte kaum glauben, was ich da hörte. »Also sind sie noch alle auf der Flucht? Gott sei Dank. Ich dachte schon, ich bin die Einzige. Wo sind sie?«

»Wieso sollte ich gerade *dir* das verraten? Verräter!«

»Was?« Ich konnte sehen, dass sie mir zutiefst misstraute. Ich hatte nur keine Ahnung wieso.

»Was redest du denn da? Ich bin es, Lena. Du kennst mich doch«, versuchte ich es, doch ohne Erfolg.

»Niemand hat es bisher geschafft, ihren Fängen zu entkommen. Sie haben dich freigelassen, um den Rest von uns zu finden, gib es zu.«

»Nein! Du musst mir glauben, Runa. Ich würde euch doch niemals verraten. Ich hatte Hilfe.«

»Ich glaube dir nicht.« Sie kniff die Lider zusammen. »So wie du hier rumschreist, kannst du nur zu den Captoren gehören. Wo sind sie? Wie viele sind es?« Sie sah sich hastig um.

»Du irrst dich! Es hat mich alle Kraft gekostet, ihnen zu entkommen. Ich … laufe seit Stunden durch den Wald und suche nach euch. Bitte, du musst mir glauben.«

»Beweise es!«

»Wie denn?« Vollkommen übermüdet dachte ich darüber nach, wie ich ihr zeigen konnte, dass ich auf ihrer Seite war. »Sag mir wie und ich tue es.«

Im nächsten Augenblick landeten zwei weitere Vögel neben uns. Ich erkannte Toby, den Turmfalken, sofort und seinen Freund, den Eulenjungen mit der großen Brille.

»Lena, du bist es wirklich.« Nun war Toby es, der mich in seine Arme zog. Ich erwiderte diese Geste und drückte ihn so fest ich konnte.

»Du hast es geschafft, ganz so, wie der Wolf gesagt hat.«

»Du meinst Janis?«

»Wer denn sonst?« Ich sah zu Runa, die missmutig mit den Augen rollte.

»Genau, Janis. Er lässt uns schon seit Tagen den halben Wald nach dir absuchen«, antwortete Toby.

»Wirklich?« Meine Stimmung hob sich augenblicklich. »Wie lange war ich weg?«

»Fünf Tage, soweit ich weiß. Wir haben uns alle schon gefragt, was ihn so sicher macht, dass du zurückkommen würdest. Die meisten haben gewettet, dass du es nicht schaffst. Man, die werden vielleicht Augen machen, wenn wir dich jetzt wirklich mitbringen.« Toby lachte und zog mich erneut in seine Arme.

»Ihr bringt mich wirklich zu Janis und den anderen?«

»Natürlich«, sagte der Eulenjunge, dessen Augen durch die Brille viel größer wirkten, als gewöhnlich. »Janis hat nicht übertrieben, du bist die stärkste Wandlerin, die es in der Akademie gibt.«

Runa schnaubte verächtlich. Es war offensichtlich, dass sie ganz und gar nicht so dachte.

»Janis ...« Ein Lächeln schlich sich auf meine Lippen. Er war noch immer auf der Flucht und er hatte sich mit den Aves verbündet. Also war doch noch nicht alles verloren.

Runa, Toby und der Eulenjunge ließen keine Zeit verstreichen. Ohne mich aufzuklären, machten wir uns auf den Weg. Ein kurzes Stück gingen wir zu Fuß. Ich erwartete erst, in ein Versteck in einer Höhle oder in ein Erdloch geführt zu werden. Als wir dann aber am Fuße eines kleinen Berges herauskamen, wusste ich, dass ich mich geirrt hatte. Gleichzeitig wurde mir warm ums Herz, weil Janis offensichtlich genau das getan hatte, was ich ihm geraten hatte. Er hatte die Hilfe der Aves gesucht und angenommen. Denn den Berg konnte man nicht mit allen Krallen dieser Welt besteigen.

»Ab hier fliegen wir«, verkündete Toby. Er erinnerte mich für einen kurzen Moment an Finn, da er ein ähnlich sonniges Gemüt hatte. Trotz der Umstände lächelte er.

»Ist es weit?«, fragte ich. Ganz bewusst vermied ich es, Runa anzusehen. Mein letzter Flug auf dem Rücken eines Aves war furchtbar gewesen. Diese Erfahrung wollte ich nicht wiederholen.

»Gar nicht. Wir sind gleich da. Aber fliegen werden wir müssen. Du kannst dir aussuchen, auf wem zu sitzen willst. Du hast die freie Wahl.«

»Ich fliege gerne bei dir mit, Toby.«

»War ja klar.« Selbst in der Dunkelheit konnte ich das überhebliche Lächeln in Runas Gesicht erkennen.

»Super. Dann los.« Toby verwandelte sich in den Falken und breitete seine Schwingen aus, damit ich aufsteigen konnte. Runa und der Eulenjunge waren bereits in der Luft, als Toby abhob und besonders vorsichtig an Höhe gewann. Ich war ihm dankbar dafür, dennoch klammerte ich mich an seinen Hals wie eine Ertrinkende. Fliegen war nicht meins. Das würde es nie sein.

Toby flog Runa hinterher den Berg hinauf. Ich zitterte auf seinem Rücken und zwang mich dazu, Ruhe zu bewahren. Toby konnte ich vertrauen. Er war ein guter und ruhiger Flieger. Er würde mir nicht mit Absicht Angst machen wollen, so wie Runa, die ein weiteres Mal ihre Flugkünste zur Schau stellte und über uns ihre Kreise zog und dabei Loopings und Schrauben flog. Ich wusste ganz genau, dass sie diese Kunststückchen an mich adressierte. Es war ihre Art zu spotten und ich konnte nicht anders, als sie zu ignorieren und mich auf das zu konzentrieren, was vor uns lag.

Der Berg war im Vergleich zum Nachthimmel komplett in Schwärze getaucht. Die Nadelbäume wuchsen auf ihm empor wie Stacheln auf dem Rücken einer Echse. Vereinzelt blitzte bloßes Felsgestein auf, dann wieder wurde es überzogen von dichten Wäldern.

Ganz wie Toby prophezeit hatte, dauerte der Flug nicht besonders lange. Kaum waren wir in der Luft, setzten die drei Aves auch schon zum Sinkflug an. Über den Baumkronen hinweg segelten sie nieder, bis eine Lücke aufkam, die sie ohne zu zögern nutzten. Ich musste die Augen schließen, weil wir Nadelbäume streiften, und öffnete sie erst wieder, als Toby mit beiden Beinen auf festem Boden stand.

»Da wären wir«, sagte er, als er sein Federkleid abgelegt hatte. »Willkommen in der Zuflucht.«

Ich war sprachlos. Ich weiß nicht genau, was ich erwartet hatte. Ein paar Überlebende, verängstigte und aushungerte Gesichter und ein weißer Wolf, der mit aller Kraft versuchte zu herrschen. Was ich hier in dieser Höhle erblickte, übertraf all meine Vorstellungen um ein Vielfaches. Sie waren organisiert. Jeder schien eine Aufgabe zu haben. Angefangen bei denen, die uns vom Landeplatz ins Innere führten und unsere Ankunft ankündigten, bis hin zu der Führerloge, die aus je zwei Mitgliedern der jeweiligen Camps bestand. Für Camp Ferae waren das Janis und Jeff, die gerade mit Hank und Alo über irgendetwas diskutierten, während der Rest über einer Karte grübelte.

»Die Auserwählte ist zurückgekehrt. Macht Platz für die Auserwählte!«, verkündete Runa mit sarkastischem Unterton und gesellte sich zu den Anführern, die sofort ihre Gespräche unterbrachen.

Janis Miene hellte auf, als er mich erblickte. Mit einem Strahlen in den Augen kam er auf mich zu. »Ich wusste, dass du es schaffen wirst.« Seine Arme zuckten, ganz so als wolle er mich umarmen. Doch er wagte es nicht, mich zu berühren. »Ich bin froh, dich zu sehen.«

»Was ist das hier?«, fragte ich ohne Umschweife und deutete auf die vielen Wandler, die kreuz und quer durch die Höhle liefen.

»Das sind alle Überlebenden der Akademie, die noch nicht von den Captoren gefangen wurden. Ferae, Aves, Reptii und Euun.«

»Du hast auf mich gehört …«, sagte ich voller Rührung. Ich konnte kaum glauben, was ich da sah. Noch vor ein paar Tagen hatten wir komplett verängstigt in einem Erdloch gesessen und nun das!

»Du hattest recht, wir haben nur eine Chance, wenn wir alle zusammenhalten. Deswegen habe ich alle Wandler aufgenommen, die wir finden konnten.« Janis strich sich durch die Stirnsträhnen. »Ich gebe gerne zu, dass ich unrecht hatte. Komm, ich zeig dir, was wir planen.«

Er führte mich zu den anderen Anführern, die meine Ankunft mit offensichtlich gemischten Gefühlen begegneten. Sie standen alle um einen provisorischen Tisch herum, der aus aufgetürmten Steinen und leeren Rucksäcken gebildet wurde. Obenauf lag ein Blatt Papier, auf dem wild Kreise gemalt worden waren.

»Hier, das ist unsere Position.« Janis zeigte mit einem verkohlten Ast auf ein Kreuz am Beginn des Gebirges.

Es lag genau an der Grenze zu den Aves, aber noch innerhalb des Raubtiergebiets.

»Das ist unser altes Camp.« Ein Kreuz markierte auch diesen Punkt auf der Karte, nahe dem Fluss. Der Rest des Ferae-Gebiets wurde von mehreren Kreisen gebildet, die sich kaum überschnitten. »Hier im Norden haben sie dich aufgegriffen. Hier war der geheime Felsen und hier unser Versteck unter der Erde ...«

Vollkommen fasziniert von diesem alten und gleichzeitig neuen Janis konnte ich mich kaum auf das konzentrieren, was er erzählte. Immer wieder musste ich zu ihm aufsehen. Ich konnte nicht leugnen, dass ich noch immer eine starke Anziehungskraft zu ihm fühlte, die gerade in diesem Moment zu spüren war. Ich hatte mich also doch nicht in ihm getäuscht. In Janis steckte dieser starke und gerechte Anführer, den ich mir immer gewünscht hatte.

» ... und da kommst du ins Spiel, Lena.«

Ich hob die Brauen, weil ich hoffte, er würde mir einen Hinweis geben, worum es gerade ging.

Janis Mundwinkel verzogen sich zu einem Lächeln, als er erkannte, dass ich nicht ganz bei der Sache gewesen war. Er beugte sich zu mir hinab und sagte laut und deutlich: »Nur du kennst den genauen Aufenthaltsort ihres Verstecks. Wir brauchen deine Hilfe.«

Ich sah auf die Karte, die in meinen Augen nicht viel Sinn machte und so ging ich in Gedanken die Bilder durch, die ich mir gemerkt hatte. Angefangen von den Abmessungen des Camps, bis hin zu dem Weg, den ich zurück von den Laboren genommen hatte. Ich ging rückwärts, versuchte meinen Laufweg so exakt wie möglich nachzuvollziehen und suchte schließlich auf der Karte nach dem dazu passenden Ort.

»Ich bin mir nicht hundertprozentig sicher, aber … ich denke, irgendwo hier ist es.« Ich deutete auf den größten Kreis.

»Im nördlichen Gebiet, gut«, sagte Janis nachdenklich.

»*Irgendwo hier*? Ist das dein Ernst?« Runa trat neben Janis, das Gesicht starr auf mich gerichtet. »Dir ist klar, dass das hier kein Spiel mehr ist. Wir müssen ganz genau wissen, wo ihr Versteck ist, wo sich welche Eingänge befinden und wann Wachablöse ist. Wir riskieren unser Leben und das der Gefangenen, wenn wir blind drauflos stürmen, weil du *irgendwo hier* den Eingang vermutest.«

Alle Blicke waren auf mich gerichtet.

»Runa hat recht, etwas genauer müssten wir es schon wissen«, sagte Janis. Er war der Einzige, der mich freundlich ansah. In den Gesichtern der anderen sah ich keine Spur von Nettigkeit. Sie starrten mich finster an, als ob ich dafür verantwortlich war, dass die Captoren auf der Jagd nach uns waren.

»Okay …« Ich beugte mich über die Karte und versuchte die Bilder in meinem Kopf mit den Zeichnungen zu verbinden. »Hier ungefähr.« Murmelnd malte ich mit dem Finger eine Linie, die meinen Rückweg darstellte. Janis reichte mir das Kohlestück und ich zeichnete ihn sichtbar ein. »Wie ich schon sagte, ganz sicher bin ich mir nicht. Aber in diesem Teil des Waldes bin ich rausgekommen. Und diesen Weg habe ich zurück genommen.«

»Wie bist du herausgekommen?«, hakte Runa nach.

»Durch einen Lüftungsschacht, der hinter einem Stein aufhört.«

»Eignet er sich als Einstieg?«, frage Alo, dem man seine indianischen Wurzeln deutlich im Gesicht ansah.

»Eher nicht. Der Schacht ist schmal und verläuft ziemlich steil. Die meisten von euch würden Schwierigkeiten haben, ihn zu passieren.«

»Für meine Jungs ist das kein Problem«, mischte sich Jeff ein. »Ricardo und Ondrey sind wendig und gut im Klettern.«

Janis nickte.

»Mariella und Pedro sind ebenfalls geeignet«, sagte Hank. »In Echsengestalt können sie den Schacht mit Leichtigkeit hinabklettern.«

»Wir schicken alle durch den Schacht, die können. Gibt es noch einen anderen Eingang, den du kennst?«, fragte Janis.

»Leider nein. Als sie mich gefangen haben, müssen sie mich betäubt haben. Denn ich erinnere mich nicht, wie ich hineingelangt bin. Nur noch, dass ich irgendwann in einem Käfig aufgewacht bin.«

Das Euun-Mädchen, das neben Alo stand, sog erschrocken die Luft ein. »Sie haben dich in einen Käfig gesperrt?«

Ich nickte.

»Wie ... war es dort?«

»Das wollt ihr gar nicht wissen«, sagte ich mit einem Kloß im Hals. Bisher hatte ich die Erfahrungen im Labor beiseitegeschoben. Doch mir war klar, dass ich sie nicht vergessen konnte. Dafür waren sie zu einprägsam gewesen. »Es ist ein schrecklicher Ort. Sie halten uns wie Tiere in winzigen Käfigen ... man kann sich kaum darin umdrehen.«

»Schrecklich!«

»Noch viel schrecklicher ist das, was sie mit uns machen«, fügte ich hinzu. »Man bekommt den ganzen Tag lang Spritzen, sie machen Tests, entnehmen Blut und ... ich weiß nicht was noch alles. Ich kann mich nur schwer daran erinnern. Mein Kampf mit dem Fuchs in mir kam auch noch hinzu.«

»Also müssen wir den gesamten Wald nach einem winzigen Luftschacht durchsuchen«, schlussfolgerte Runa. »Auf deine Worte können wir uns nicht verlassen, wenn du die ganze Zeit auf Droge gewesen bist.«

»Als ich geflohen bin, ging es mir sehr gut ... jemand hat mir geholfen. Ich glaube, er hat mir eine Wachmacher-Spritze verpasst.«

»Janis?« Runa stellte sich vor den Blonden, der unschlüssig zwischen uns hin und her sah.

»Vertraust du ihr genug, um das Risiko einzugehen?«

Janis sah jedem der Anführer kurz ins Gesicht, bevor er auf meinem innehielt. Ich wusste, wonach er suchte. Er wartete auf ein Zeichen von mir - eine Geste des Vertrauens, das er gerne in mich setzen würde.

»Ich kann euch nicht versprechen, dass meine Angaben richtig sind. Es stimmt, dass man mich tagelang unter Drogen gesetzt hat. Ich wusste weder wer ich war, noch wo ich mich befand. Aber ihr könnt mir glauben, wenn ich euch sage, dass ich alles dafür tun würde, die Labore wiederzufinden. Ich habe gesehen, wie viele sie von uns dort gefangen halten. Meine besten Freunde sind unter ihnen und ich gebe nicht eher Ruhe, bis sie alle wieder frei sind.«

»Ich weiß.« Janis hob das Kinn. »Ich vertraue dir, Lena. Das habe ich immer und das werde ich immer. Ihr alle solltet ihr vertrauen. Lena ist immerhin die Einzige, die den Captoren entkommen ist.«

Runa grummelte, sagte aber nichts weiter dazu. Die anderen waren etwas leichter zu überzeugen. Selbst Alo, den ich immer für einen Erzfeind von uns Ferae gehalten hatte, schien zu akzeptieren, dass er mich brauchte, um seine Freunde zu retten.

Es fühlte sich gut an, gemeinsam Pläne gegen die Captoren zu schmieden. Ich war mir todsicher, dass es in der Geschichte der Akademie niemals einen solchen Zusammenhalt der verschiedenen Arten gegeben hatte. Die traurige Wahrheit war, dass erst etwas so Schreckliches passieren musste, dass wir unsere kindischen

Machtkämpfe vergaßen und uns gemeinsam gegen die stellten, die die wahren Feinde waren: O´Connell und seine Captoren.

Und alles hing von mir ab. Mir, der kleinen Lena, für die sich in ihrem Menschenleben nie jemand interessiert hatte. Hier in der Wandlerwelt war ich endlich Jemand. Ich hatte eine Aufgabe, man brauchte meine Fähigkeiten. Wir waren ein Team.

Ich hoffte nur, dass mich mein Gedächtnis nicht im Stich ließ und ich nicht noch mehr meiner Art in Gefahr bringen würde.

Wir sprachen stundenlang über unsere Pläne, teilten alle entkommenen Wandler in Gruppen ein, die ihre eigenen Aufgaben bekamen: Späher, Wächter, Angreifer am Vordereingang, Angreifer durch den Lüftungsschacht und so weiter, bis alle vor Müdigkeit beinahe umfielen. Nachdem wir alles bis ins Detail durchgekaut hatten, gingen wir schlafen. Schlafen bedeutete in diesem Fall sich im Wandleranzug in kleinen Gruppen zusammenzukuscheln, um sich gegenseitig Wärme zu spenden. Einige der Aves waren so nett, sich in Tiergestalt um die zu kümmern, die vor Kälte nur zittern konnten. Ich beobachtete, wie Toby seine großen Schwingen ausbreitete und sie über die zittrigen Euun und Reptii legten, die mich gleich darauf an frisch geschlüpfte Küken in einem Vogelnest erinnerten.

Für mich hatte Janis einen Platz unter Runas linkem Flügel reserviert, doch schon nach ein paar Minuten rollte ich mich darunter hervor und stand auf. Obwohl mein Körper erschöpft war, spürte ich keine Müdigkeit. Mein Geist war wach. So konnte ich unmöglich schlafen.

Ich stieg über schlafende Körper hinweg, bis ich am Eingang zur Höhle angekommen war. Dort lehnte ich mich an die Wand und sah zum Himmel hinauf. Tiefschwarz bedeckte er die Welt. Der Mond war von Wolken verdeckt. Kein einziger Stern war zu sehen, als würden sie sich schämen, den Menschen bei ihrem Treiben auf der Erde zusehen zu wollen.

Die Anspannung, die in den letzten Stunden in mir geherrscht hatte, bemerkte ich erst jetzt. Ich lockerte bewusst meine Muskeln und seufzte, um den Effekt noch zu verstärken.

Obgleich ich sicher war, dass wir das Richtige taten und es uns gelingen würde, unsere Freunde zu retten, fühlte ich mich hilflos. Mehr noch als damals mit acht Jahren, als ich auf dem Spielplatz mit dem Kopf so lange in den Sandkasten gesteckt worden war, bis ich keine Luft mehr bekam und Tante Rita und Karl mich in die Notaufnahme hatten fahren müssen. Noch heute fühle ich eine ungeheure Beklemmung, wenn ich Sand und Spielplätze auch nur von weitem sehe.

Das hier war etwas Anderes. Etwas viel Größeres und Bedeutenderes. Es ging nicht nur um ein kleines Mädchen, es ging um ein ganzes Volk - mein Volk.

Hinter mir waren leise Schritte zu hören.

»Du kannst dich nicht an mich heranschleichen«, sagte ich und drehte den Kopf, um über die Schulter zu sehen.

»Nicht mehr«, antwortete Janis und stellte sich neben mich, sah hinaus in die Nacht. »Kannst du nicht schlafen?«

»Du etwa?«

»Nein.« Er sah schmunzelnd auf mich hinab. »Ich denke die ganze Zeit darüber nach, ob wir etwas vergessen haben.«

»Vergessen?«

»Ein Detail nicht beachtet. Unser Plan kommt mir fast schon perfekt vor. Als würde es ein Spaziergang sein.«

»Das wird es nicht. Glaub mir. Ich habe nicht viel von den Laboren gesehen. Ich habe keine Ahnung, wie es dort unten aussieht und erst recht nicht, wie viele Captoren vor Ort sind. Ich ... bin euch keine große Hilfe.«

Janis legte von hinten eine Hand auf meinen oberen Rücken. »Du hast uns geholfen, so gut du konntest.«

»Aber es ist nicht genug.« Voller Sorge sah ich zu ihm auf. »Ich weiß nicht mal, ob alles, an das ich mich erinnere, wahr ist oder ob ich nur geträumt habe. Ich habe keine Ahnung, wo sich die Eingänge zu den Laboren befinden. Vielleicht hat Runa recht und es wäre besser, wenn wir noch ein paar Tage warten und ... die Gegend absuchen.«

»Das sehe ich anders. Mit jedem Tag, jeder Stunde, die vergeht, sind die anderen in noch größerer Gefahr. Es sei denn, du sagst, dass es ihnen gut geht. Ich war nicht in den Laboren, ich habe es nicht erlebt. Aber du schon.«

»Es ist ... furchtbar.« Verzerrte Bilder flackerten vor meinem inneren Auge, der Gestank von Angstschweiß erschien in meiner Nase, obwohl ich längst nicht mehr dort war. »Eng und kalt. Feucht und ... dunkel. Sie sind alle wie gelähmt von den Betäubungspfeilen. Und dann diese Experimente ... ich ...«

»Ist schon gut.« Janis legte den Arm um mich. Ich bettete den Kopf an seiner Brust. Unter dem schwarzen Neoprenanzug hörte ich sein Herz schlagen. Es mischte sich mit meinem eigenen Herzschlag, der genau so eilig ging wie seiner. Mit geschlossenen Augen lehnte ich mich gegen Janis' starke Brust, fühlte nach, was er in mir auslöste und dachte zurück an unsere erste Begegnung. Damals, an meinem ersten Tag im Camp, war ich mir sicher gewesen, dass ein Junge wie er niemals mit einem tollpatschigen und schüchternen Mädchen wie mir zusammen sein würde. Es war anders gekommen. Das lag vor allem daran, dass Janis immer an mich geglaubt hatte. Immer, selbst wenn ich ihm den Rücken gekehrt hatte. Er hatte mich nie aufgegeben und stets mein Wohlergehen im Sinn gehabt.

Der vertraute Geruch seines Körpers drang in meine Nase, benebelte mich und sorgte dafür, dass ich mich noch ein wenig tiefer fallenließ. Ich durchlebte erneut die ersten Tage im Camp, den Moment, als er mir seine Lieblingslichtung gezeigt hatte und wir in diesem Wirbel aus Schmetterlingen gestanden hatten, die

Aufregung in meinem Bauch, die ich abspielen konnte wie eine Schallplatte. Ich konnte unter geschlossenen Lidern sehen, wie er sich das erste Mal vor mir verwandelte, wie er nackt im Fluss stand und auch, wie er Zofia immer beschützt hatte. Janis als Rudelführer, Janis, der mich kritisierte und auch Janis, der kaum Zeit für mich hatte und vor den Anderen unsere Liebe verleugnete.

Und dann sah ich ihn: Noel.

Ohne es steuern zu können, verzogen sich meine Lippen zu einem Lächeln. Noel war groß und blass, grünäugig und schwarzhaarig und ein einziges Mysterium. Er war mir anfangs negativ aufgefallen. Die Art, wie er mich ständig anstarrte, ohne ein Wort von sich zu geben, war beunruhigend und dennoch hatte ich niemals Angst vor ihm gehabt. Erst recht nicht, als er mich das erste Mal gerettet hatte. Und danach noch viel weniger. Er hatte mich zu sich gezogen, wie an einer unsichtbaren, dünnen Leine und ich war ihm so gerne gefolgt. Er war immer genau dann zur Stelle, wenn ich Hilfe brauchte. Wie mein persönlicher Schutzengel. Nie hatte er Besitzansprüche an mich gestellt. Niemals hatte er gesagt, dass er mich liebt. Das war auch gar nicht nötig. Ich konnte die Zuneigung in seinen Augen sehen, wie sie wuchs, von Tag zu Tag, genau so wie bei mir.

Janis küsste meinen Scheitel und erst in dem Moment wurde mir klar, dass es an der Zeit war, eine endgültige Entscheidung zu treffen. Janis war ein guter

Kerl, nicht ganz einfach manchmal und ein Mädchen musste damit klarkommen, dass ihm sein Rudel immer vorging. Doch davon abgesehen, konnte sich jede glücklich schätzen, ihn als Freund zu haben. Nur war er nichts für mich. Mein Herz war vergeben, an den grünäugigen Pantherjungen.

Ich löste mich vorsichtig aus der mittlerweile sehr innigen Umarmung. Janis Blick war so voller Zärtlichkeit, dass es meinem Herz einen Stich versetzte. Für einen kurzen Moment dachte ich darüber nach, ihm vielleicht doch nichts zu sagen, um ihn nicht zu verletzen. Gleichzeitig wurde mir bewusst, dass ich genau aus diesem Grund klar und deutlich sein musste. Er hatte es nicht verdient, sich noch länger Hoffnungen zu machen, dass alles wieder so werden könnte wie früher. Das würde es nie, egal wie sehr wir uns mochten. Es war endgültig vorbei.

»Janis, ich ...«

Das verheißungsvolle Leuchten in seinen Augen erlosch innerhalb eines Lidschlags. Ich konnte sehen, wie er schluckte. Es war ihm kaum möglich, meinem Blick standzuhalten.

»Es tut mir leid ...«, war das Einzige, was ich sagen konnte.

Janis nickte nur schwach und ließ mich dann mit einem gemurmelten »Gute Nacht« stehen.

Ich sah ihm wehmütig nach, wie er sich zu Runa und den anderen legte, das Gesicht von mir abgewandt.

Auch wenn es richtig war, ihm klarzumachen, dass es endgültig vorbei war, fühlte ich einen Großteil seines Schmerzes. Daran war vor allem dieser todesmutige Pantherjunge schuld, der ganz allein in die Labore eingedrungen war, um seine Schwester und mich zu retten. Er hatte sich für mich gefangen nehmen lassen und hockte wahrscheinlich wie die anderen in einem engen, kalten Käfig, gefangen zwischen Träumen und Wachen.

Halte aus, Noel. Diesmal werde ich dich retten.

Ich saß noch eine Weile alleine am Höhlenausgang und legte mich erst schlafen, als ich meine Augen nicht mehr offenhalten konnte.

Meine Nachtruhe war kurz. Die ersten Sonnenstrahlen des Tages weckten mich schon früh am Morgen. Innerhalb von drei Sekunden war ich hellwach.

Hinter mir herrschte großer Betrieb. Die anderen Wandler standen auf, packten ihre Sachen und schlangen ein eiliges Frühstück hinunter. Die Aufregung ließ mich meinen eigenen Herzschlag spüren. In den Gesichtern der anderen konnte ich sehen, dass es ihnen genau so ging. Niemand sprach ein Wort. Sie waren viel zu sehr mit den Arbeiten, dem Essen und ihren Gedanken beschäftigt. Bis auf Janis und Runa, die aus der Schlafecke der Höhle schlenderten und sich dabei unterhielten. Jeff, Alo, Hank und die anderen schauten schweigend auf den Plan, auf dem vergangene Nacht noch ein paar Kreuze, Linien und Kreise hinzugekommen waren.

Ich stellte mich dazu und sah mir das kunstvolle Gebilde ein letztes Mal an, versuchte, mir alles ganz genau einzuprägen. Janis stand zwar neben mir, doch ich konnte ihm ansehen, dass er weit entfernt war. Ob er in Gedanken bereits in den Laboren war oder er mich absichtlich ignorierte, konnte ich nicht sagen. Nach unserem Gespräch vergangene Nacht wäre es allerdings kein Wunder.

»Wir wären soweit«, sagte Ben, der mit einem großen Rucksack bepackt zu uns kam. »Alle Vorräte sind eingepackt. Die Höhle ist leer.« Hinter ihm entdeckte ich ein paar Reptii, die ebenfalls viel trugen.

»Gut, dann können wir los.« Janis schnappte sich den Plan, rollte ihn zusammen und ließ ihn in seinem Rucksack verschwinden.

Mein Herzschlag beschleunigte erneut, als wir uns geschlossen zum Höhlenausgang bewegten. Ein letztes Mal sah ich in die Runde. Wir waren wahrlich nicht viele: 10 Ferae, 13 Aves, 8 Reptii und 9 Euun standen bereit, sich einer Captoren-Armee von Hunderten entgegen zu stellen. Mir war flau im Magen. Am Vortag war ich noch so motiviert gewesen. Doch jetzt, kurz vor dem Abflug, machten sich kleine Zweifel in mir breit. Dann noch der Ausblick, erneut durch die Luft fliegen zu müssen. Kein Wunder, dass mir schlecht war.

»Hier, du musst was essen.« Matteo hielt mir ein Stück Trockenfleisch hin, das mir mit seiner Konsistenz sicher im Halse stecken bleiben würde.

»Wir tun das Richtige«, sagte ich mit fester Stimme. Die Zweifel erstickte ich im Keim. Dafür war einfach kein Platz. Das alles war viel zu wichtig.

Matteos sturmgraue Augen verharrten in meinem Gesicht. Wie er mich ansah, bekam ich eine Gänsehaut.

»Ist er … hast du den Welpen gesehen?« Anhand der Art, wie er fragte, bemerkte ich, dass ihm diese Frage schon seit meiner Rückkehr in der Nacht auf der Zunge gelegen hatte. Matteo war stark. In meinen Augen war er sogar einer der stärksten Ferae. Sein Wille war ungebrochen.

»Ja. Sie halten ihn in einem Käfig.«

Matteo schloss die Augen, ein tiefes Knurren entfloh seiner Kehle. Als er die Lider wieder öffnete, sah ich darin puren Kampfgeist.

»Seid ihr bereit?«, fragte Toby, der vorsorglich seine Arme ausbreitete, um sich gleich zu verwandeln. Jeder Aves musste zwei Wandler tragen. Er hatte sich angeboten, mich und Matteo zu tragen.

»Lass uns diesen Bastarden zeigen, wozu ein Defender fähig ist«, sagte Matteo und schlug mir auf die Schulter. Es war eine Geste, die sich zwei Brüder vor dem Kampf um Leben und Tod schenkten. Gerührt darüber, dass Matteo mich endlich als Freundin akzeptiert hatte, saß ich kurze Zeit später auf Tobys Rücken und glitt durch die Luft. Seltsamerweise machte mir das Fliegen überhaupt nichts mehr aus. Es machte sogar richtig Spaß! Angeheizt von dem Gefühl des Zusammenhalts löste ich mich aus der Umklammerung von Tobys Hals und sah geradeaus in den Himmel. Rosarote Schlieren zogen sich durch Gelb, als hätte ein Maler den Pinsel mehrfach längs über eine Leinwand geführt. Wir flogen tief über den Wipfeln der Bäume.

Janis flog an der Spitze auf Runa, mit einigem Abstand zu den anderen. Hinter mir spürte ich Matteo, wie er darum bemüht war, mich nicht mit seiner Umarmung zu zerquetschen. Von Finn wusste ich, was für eine Qual das Fliegen für ihn sein musste, bei seiner Höhenangst, und so nahm ich es ihm nicht übel, dass er mir die Luft abschnürte. Komisch fühlte es sich trotzdem an. Matteo war nicht der Typ, der gerne Körperkontakt zuließ, erst recht nicht bei einem Mädchen. Aber das schien ihm in dem Moment egal zu sein. Ich bewunderte seine Stärke insgeheim schon lange und war froh, auch mal dabei zu sein, wenn die Maske bröckelte und seine verletzliche Seite zum Vorschein kam.

Der Flug war schneller vorbei, als ich dachte. Schon bald setzten Runa und Janis zum Sinkflug an und die anderen folgten ihnen. Wir brachen auf Toby als eine der Letzten durch die Baumwipfel. Toby klappte über einer lichten Stelle die Flügel ein und nahm den Kopf runter. Ich klammerte mich an seinem Hals fest, ebenso wie Matteo an mir. Mit Knacken und Krachen stürzten wir ein paar Meter. Erst kurz vor Ende breitete

Toby erneut die Flügel aus, um den Fall abzufedern und sanft auf der Schneedecke zu landen.

Mir war schwindelig, als ich von seinem Rücken kletterte, doch ich ließ das niemanden merken. Obgleich ich nicht die Anführerin der Gruppe war - das war ungefragt Janis - bemerkte ich die Blicke der anderen. Sie warteten mit Sicherheit darauf, dass ich irgendeine Art Zeichen von mir gab. Dass mir diese Stelle des Waldes bekannt vorkam. Leider war das nicht der Fall.

Janis, Runa, Jeff und die anderen Anführer sammelten sich an einer Stelle, wo die Bäume sehr dicht standen und riefen uns alle hinzu. Ohne es zu wollen, stand ich plötzlich in ihrer Mitte.

»Und? Wo ist der Eingang?«, fragte Hank, der den massiven Kiefer vor Anspannung mahlen ließ.

»Sind wir in der Nähe?«, fragte Jeff, sich dabei mehrfach umsehend.

»Wo müssen wir lang?«, fragte Alo.

»Sie erkennt es nicht wieder«, bemerkte Runa mit einem kritischen Blick. »Ist doch so, oder?«

Meine Wangen fingen Feuer. Das Unbehagen kroch wie gefrierendes Wasser in meine Glieder. Ich fühlte mich gelähmt und meine Stärke wich aus meinem Körper, als wäre sie nie wirklich da gewesen. In Gedanken konnte ich Nancy sehen, wie sie mit ihren Freundinnen einen Kreis um mich zog und mich dabei hin und her schubste. Und Zofia, die genau das Gleiche tat. Die ängstliche, kleine Lena kam zum Vorschein und wollte ganz schnell davonlaufen.

»Stop!«, rief ich auf einmal laut aus. Die Angst verpuffte wie ein Luftballon. Als mir klar wurde, dass sie nur eine Erinnerung an die Vergangenheit gewesen war, hatte sie keinerlei Macht mehr über mich. Ich war wieder ich. »Runa hat recht, ich erkenne diese Gegend nicht.«

Man konnte sehen, wie sich Enttäuschung in den Gesichtern der anderen breitmachte.

»Aber das bedeutet nicht, dass wir nicht am richtigen Ort sind. Der Eingang ist sicher nicht weit. Es wird Spuren geben, die uns dorthin führen können. Verwandelt euch, sucht nach Fußabdrücken, Geruchsfetzen. Nutzt eure Instinkte. Wenn wir Glück haben, führen uns die Captoren selbst direkt dorthin.«

Stille. Alle starrten mich an. Ich hörte das Echo meiner eigenen Worte in meinen Ohren widerhallen.

»Was ist?«

Janis war der Erste, der reagierte. Er nickte anerkennend. »Das ist eine gute Idee, Lena. Auch wenn wir in der Unterzahl sind, wir haben besondere Fähigkeiten. Wir können Dinge, die die Captoren nicht können. Lasst uns das nutzen, um sie zu finden.«

Wir lächelten uns an, denn wir waren beide Zeuge davon geworden, dass in mir eine Anführerin erwachte. Auch wenn sie lange hatte auf sich warten lassen. Jetzt war sie da. Endlich hatte ich sie auch gesehen und gespürt.

Mir gefiel, was aus mir geworden war. Mit neuer, ungewohnter Stärke machte ich den Anfang, verwandelte mich und hielt die Nase in den Wind, um Witterung aufzunehmen. Die anderen machten es mir nach.

Um bessere Chancen zu haben, teilten wir uns auf. In Fünfergruppen durchkämmten wir das Gebiet. Die Aves flogen in Vogelgestalt über unsere Köpfe hinweg, um uns beim kleinsten Anzeichen von Gefahr zu warnen. Es dauerte nicht lange, bis Jeff und seine zwei Kumpels eine Spur entdeckten, die vielversprechend aussah. Nach einer Weile fanden wir weitere Spuren. Menschliche Gerüche zogen sich wie Duftnebel durch den Wald. Wir folgten ihnen und kamen bald an einem Ort an, wo wir uns wiedertrafen. Alle Spuren führten zu diesem einen Punkt. Das konnte kein Zufall sein.

Ich sah mich um, erinnerte mich an die Nacht, in der ich aus den Laboren geflohen war, und erkannte plötzlich etwas wieder. Eine Baumgruppe auf einem Hügel, umringt von gleichmäßig wachsenden, dichten Büschen, vor denen drei Stümpfe standen. Ich erinnerte mich deswegen daran, weil es mir komisch vorkam, dass es mitten im Wald abgesägte Baumstümpfe gab und die Sträucher so gleichförmig wuchsen. Da waren

Menschenhände im Spiel gewesen. Die leise Vorahnung, dass sich dort zwischen Sträuchern der Eingang zu den Laboren befinden konnte, machte mich ganz kribbelig. Auf mein Zeichen hin näherten wir uns zu fünft den Baumstümpfen. Die Gerüche wurden mit jedem Schritt stärker. Unter Schweiß, menschlicher Haut und Maschinenöl mischten sich tierische Gerüche. Kein Zweifel - wir waren richtig.

Jeff, Ondrey und Ricardo schlichen von der Seite heran, Matteo und ich von vorne. Die anderen warteten zwischen den dicht stehenden Bäumen und beobachteten die Gegend.

Mit lautlosen Schritten umging ich den mittleren Stumpf und tauchte in das Gebüsch ein. Dahinter offenbarte sich das, was ich erwartet hatte.

Der Hügel stieg steil an, Bäume wuchsen gerade auf ihm empor. Am Fuße der Erhebung blitzte die Ecke einer metallenen grünen Platte auf, die auf den ersten Blick kaum zu erkennen war. Es war eine Tür, die sorgfältig von Laub, Ästen und Sträuchern verdeckt wurde. Der Geruchscocktail, der aus jeder noch so kleinsten Ritze hervorströmte, war unglaublich intensiv.

In dem Moment, wo mir klar wurde, dass wir am Ziel waren, meldete sich die Vernunft, die mit lautem Geschrei in meine Gedanken drang und mir klarmachte, dass das alles zu einfach war. Die Captoren waren zwar Menschen ohne tierische Fähigkeiten, aber sie waren sicher nicht so dumm, den Eingang einfach so unbewacht zu lassen. Erst recht nicht, nachdem sie tagelang die Wälder durchforstet hatten und auf keinen einzigen Wandler mehr gestoßen waren. Ein Mann wie O`Connell kam sicher auf die Idee, dass wir uns zusammengetan hatten und sie überfallen wollten. Das war nur logisch.

Es ist eine Falle …

Wie in Zeitlupe drehte ich mich um, bewegte meine Pfoten aus dem Gebüsch heraus. Doch zu spät.

Im nächsten Moment erklang das warnende Kreischen eines Falken. Toby sauste über unsere Köpfe hinweg. Kaum hatte er uns gewarnt, wurde er von einem Projektil getroffen und stürzte in den nächststehenden Baum.

Nein, Toby!

Ich konnte nichts tun. Von allen Seiten stürmten die Captoren auf uns zu. Ich hatte keine Ahnung, wie sie es so schnell geschafft hatten, uns zu finden oder wie sie sich und ihren Geruch vor uns verbergen konnten. Auf jeden Fall war keine Zeit, um zu überlegen. Ich tauchte zurück in das Gebüsch, wo sich Jeff und Ondrey gerade an der Tür zu schaffen machten. Hinter mir erschienen Janis, Ben und Matteo. Ben brauchte nur einmal seine Pranken zu benutzen, schon stand die Klappe offen. Während Hank und seine Reptii-Freunde die Captoren in Schach hielten und mit ihren gepanzerten Körpern die Betäubungspfeile besser aushielten, verschwand der Rest von uns in einem Schacht hinter der Tür, der fast in vollkommener Dunkelheit lag.

Ich hatte das ungute Gefühl, dass wir gefangen waren und so schnell nicht wieder herausfinden würden. Der Gang war lang und schmal. Runde Bögen, an denen Rohre verliefen, zogen sich über unsere Köpfe hinweg. Der Gang gabelte sich schon bald in mehrere Abzweigungen, die sich wiederum nach ein paar Metern wieder gabelten. Überall waren Türen. Wir waren in einem Bunker.

Immer noch in Tiergestalt schlichen wir weiter. Wir waren leise und noch hatte niemand unsere Anwesenheit bemerkt. Ich konnte eine Menge Menschen riechen. Sie waren überall und überdeckten leider die tierischen Gerüche um ein Vielfaches.

Jeff ging voran und deutete in einen Raum, der nur von einer gläsernen Schiebetür verschlossen war, die kurz vor uns automatisch aufging.

Der Raum, der dahinter lag, sah aus wie ein modernes Wartezimmer. An einem langen Tisch standen etliche Stühle. Essen und Getränke warteten darauf, verschlungen zu werden. Ein paar Monitore hingen an den Wänden, die Teile des Waldes zeigten, unter anderem eine Schlachtszene, die genau in diesem Moment vor dem Bunkereingang stattfand.

Eine Tür ging von dem Raum ab, hinter der ein Gang lag, in dem weitere Türen zu sehen waren. Ich erhaschte den Blick auf einen Mann, der vor einer ganzen Reihe Monitore saß, bevor man unsere Anwesenheit bemerkte.

Rufe.

Türen sprangen auf.

Schritte kamen rasch näher.

Innerhalb von Sekunden waren wir von dutzenden Captoren umstellt, die aus allen Ecken des Bunkers zu kamen schienen.

Scheiße!

Ben handelte instinktiv, drängte sich in den Vordergrund und brüllte so laut, dass sich die Captoren die Ohren zuhalten mussten. Diesen Schreckmoment nutzten wir anderen und flohen aus dem Raum. Zurück im langen Bunkergang liefen wir eilig weiter. Im Hintergrund hörte ich Ben durch die Gegnerreihen wüten. Menschen schrien, Gewehre wurden abgefeuert. Wir konnten nicht zurück. Wir hatten ein Ziel vor Augen. Wir mussten die Labore finden.

Halt. Moment mal!

Ein vertrauter Geruch strömte mir in die Nase. Ich folgte dem Gang so lange, bis wir vor einer Tür standen, auf der ein Biohazard-Zeichen eingraviert war. Mit einem Fiepsen drehte ich mich zu den anderen um, die mich aufmerksam ansahen. Janis machte einen Satz nach vorne und stemmte sich gegen die Tür, die daraufhin aufging - wieder eine Schiebetür. Vor uns erstreckte sich ein gut beleuchteter weißer Gang, der endlos lang erschien. Es roch nach Chemikalien und Tier. Wir waren richtig.

Janis heulte auf und stürmte los, wir anderen ihm hinterher. Ich war mir sicher, dass das Heulen auch außerhalb des Bunkers zu hören sein würde. Wenn wir Glück hatten, waren die Reptii, Euun und Aves, die draußen mit den Captoren kämpften, noch bei Bewusstsein und wussten nun, dass wir richtig waren.

Unser Plan - unbemerkt in die Labore einzudringen und sie zu überraschen - war schon in dem Moment zum Scheitern verurteilt gewesen, als wir in einer Gruppe von dreißig Wandlern über die Wälder geflogen waren. Wenn mich mein Eindruck nicht täuschte, beobachteten die Captoren den gesamten Wald mithilfe von Kameras. Da war ihnen ein großer Vogelschwarm sicher aufgefallen. Egal! Wir waren genau da, wo wir hinwollten. Und das war alles, was zählte.

Je weiter wir voran liefen, desto stärker wurden die Gerüche. Der Gang teilte sich schon bald in vier weitere. Unzählige Türen erschienen links und rechts des Weges. Ziellos irrten wir eine Weile umher. Das Ganze ähnelte einem Labyrinth und für einen kurzen Moment kam mir der Gedanke, dass diese Tunnel möglicherweise ebenso zu einer Art Spiel oder Test gehörten und irgendwo auf dem Berg die Akademieleitung Wetten abschloss, wie lange wir Tiere brauchten, um die richtige Tür zum Fleischvorrat zu finden. Doch diese Idee verpuffte, als eine in einen weißen Kittel gehüllte Frau aus einer der Türen kam, uns erblickte und kreischend davonlief. Ein Alarmsignal ertönte und kurze Zeit später strömten weitere Captoren um die Ecke und ein Kampf um Leben und Tod entbrannte. Vor allem die Fel um Jeff stürzten sich mutig in die Bresche, während Janis, Matteo und ich uns nach dem richtigen Weg umsahen. Wir wussten, dass sich irgendwo in diesem Bunker unsere Freunde befinden mussten.

Ich umso mehr, denn ich erkannte die Gerüche wieder. Es erinnerte an ein Krankenhaus oder ein Chemielabor, wo man Tiere zur Schau stellte. Überall stank es nach Angstschweiß, nach Desinfektionsmitteln und natürlich nach Menschen. Ich konnte die Wut meinen Fuchskörper durchströmen fühlen. Alles an diesen Laboren machte mich rasend.

Janis überrumpelte zwei Captoren, die aus einer nahen Tür gekommen waren, und warf ihre Waffen mit einem Schnauzenhieb außer Reichweite. Dann schnappte er nach ihren Gesichtern. Die Männer kauerten sich in ihrer Todesangst zusammen. Sekunden später tränkten sie die hellen Fliesen mit ihrem Blut.

Janis stieg von ihnen herunter und sah mich fragend an. Ich deutete mit der Schnauze in den Raum, aus dem die Männer gekommen waren. Wir schlüpften hinein. Als die automatische Schiebetür hinter uns dichtmachte, wurden die Kampfgeräusche schlagartig leiser.

Im Inneren des Raumes, der sich als Versuchslabor entpuppte, war niemand. Plötzlich ging die Schiebetür an der linken Seite auf und Runa, der Eulenjunge und Hank mit ein paar anderen stürmten herein. Als wir sie sahen, verwandelten wir uns zurück.

»Geht es euch gut? Seid ihr unverletzt?«, war das erste, was ich fragte. Doch die Antworten blieben aus.

»Sind wir hier richtig?«, fragte Hank, der beiläufig

einem Reptii, auf dem Gang vor der Tür, ein Kommando zurief. Die Kampfgeräusche wurden leiser.

»Das kann nur das Fuchsmädchen wissen«, sagte Runa und trug ihren Stolz auch in dieser Situation zur Schau.

»Ja«, antwortete ich und deutete auf die Tür uns gegenüber. »Ich vermute, dahinter liegen noch weitere Labore. Irgendwo dort müssten sie die Käfige aufbewahren.«

»Also weißt du es nicht.«

»Nicht genau, nein. Aber ich erinnere mich an den Geruch.«

»Na immerhin etwas.«

Die Schiebetür hinter uns öffnete sich erneut und herein strömten Alo und drei Euun, im Schlepptau fünf Captoren, die wild um sich schossen. Ich entging einem Betäubungspfeil nur knapp. Zum Glück hatten die Captoren keine Chance gegen uns. Hank und drei seiner Reptii-Freunde stürzten sich auf die Männer, rissen sie zu Boden und schlugen ihre Waffen weg. Runa schnappte sich eines der Gewehre und schoss einem Captor ins Bein. Das wiederholte sie auch bei allen anderen.

Mir gefiel die Idee, die Captoren nicht alle zu töten, sondern lediglich zu betäuben und auch niemand anderes beschwerte sich.

Da der Bunker ein heilloses Wirrwarr aus Gängen und Türen darstellte, hatten wir einen großen Vorteil. Die Captoren konnten uns zahlenmäßig noch so überlegen sein, es passten nicht mehr als vier von ihnen nebeneinander in einen Gang. Und da sie sicher keinen Wert darauf legten, sich gegenseitig außer Gefecht zu setzen, konnten wir selbst mit einer kleinen Truppe weit kommen.

Hinter der nächsten Tür wartete ein weiterer Gang und dahinter eine Reihe von langgestreckten klinisch weißen Räumen, in denen es ekelhaft roch. Wir liefen eilig weiter und folgten der Geruchsspur, die wir alle in der Nase hatten.

Als wir um einen sehr schmalen Gang bogen, klopfte mir das Herz bis zum Hals. Die Tiergerüche waren auf einmal so stark. Wir waren unserem Ziel extrem nahe. Hinter einer metallischen Bunkertür mit Sicherheitsriegeln, die mit zwei Handgriffen geöffnet waren, fanden wir sie endlich.

Ein dunkler Raum, vollgestopft mit Tierkäfigen, breitete sich vor uns aus. Die Luft war abgestanden und feucht. Es war totenstill. Unwillkürlich waren wir langsamer geworden. Das Gefühl, das ein solcher Ort in einem Wandler auslöste, war kaum zu beschreiben. Es stank nach Verzweiflung und niemand wollte sich länger dort aufhalten als nötig.

Meine Begleiter wirkten panisch, angesichts der ranzigen, kleinen Käfige, die sich links und rechts von uns auftürmten. Deutlich langsamer und ohne einen Mucks von sich zu geben, liefen sie hinter mir her durch die Reihen. Die meisten Käfige waren leer. Viele Türen standen offen. Einige sogar sperrangelweit, so dass wir uns daran vorbeischlängeln mussten. Es wirkte so, als hätte man erst kürzlich alle Wandler für ein Experiment herausgeholt.

Je weiter wir voranschritten, desto mulmiger wurde mir zumute. Mein Instinkt riet mir, umzukehren und zu fliehen. Mein Blick schweifte zum Ende des Ganges, der nur nach rechts hin weiterging. Ich kniff die Augen zusammen, während wir weiterliefen. Vor einem der Käfige links von uns blieb ich stehen. Er war leer und doch haftete noch immer mein Geruch an ihm.

»Hier haben sie mich eingesperrt«, sagte ich leise und ging eilig weiter. Ich bog um die Ecke und stürmte auf den Käfig zu, in dem Rajani gelegen hatte, daneben war der von Finn und nicht weit entfernt der von Viviane. Sie alle waren leer.

»Ich hab ein ganz mieses Gefühl dabei«, flüsterte ich und sah den schmalen Gang entlang. Mein Instinkt warnte mich ja schon seit einer Weile davor, mich länger in diesen Laboren aufzuhalten.

»Wo sind sie alle hin?«, hörte ich Alo fragen.

»Hier riecht es nach dem Welpen«, bemerkte Matteo und hockte sich vor Finns Käfig, untersuchte ihn aufmerksam. Er schnüffelte an der Tür und knurrte. »Er hat Angst.«

»Das haben sie alle«, sagte ich mit belegter Stimme. »Ich hoffe, sie sind noch am Leben …«

Ein Geräusch, schräg über mir, ließ mich innehalten. Etwas oder jemand näherte sich uns. Krallen kratzten über Metall und plötzlich machte mein Herz einen Hüpfer. Über mir, auf dem letzten Käfig stand eine große, schwarze Katze mit leuchtend grünen Augen.

Noel, du lebst!

Hinter ihm erschien eine weitere schwarze Katze - Viviane. Doch sie waren nicht alleine. Plötzlich erschienen überall Tiergestalten, auf den Käfigen, in den Gängen, vor und hinter uns.

»Eine Falle!«, rief Janis. Er und die anderen verwandelten sich, machten sich bereit anzugreifen.

Ich wusste, dass ich es ihnen gleichtun musste. Doch ich war wie gelähmt. Noel hatte sich für mich geopfert. Nur wegen ihm war es mir gelungen, dem Labor zu entkommen. Man hatte ihn gefangen und wer weiß was mit ihm gemacht. Auf jeden Fall wirkte er verändert, fremd. Keine Spur von Wiedersehensfreude konnte ich in seinen Augen sehen. Mein Herz schmerzte vor Kummer.

Je länger ich ihn anstarrte, desto näher kam er mir. Das Grün seiner Augen wirkte kalt und mordlüstern, als hätte er ein Stück Fleisch vor sich.

Was haben sie mit dir gemacht, Noel?

Hinter mir spürte ich die Anspannung meiner Begleiter. Sie versuchten, die anderen Wandler auf Abstand zu halten, mit Knurren und Fauchen und gelegentlich auch einem Hufschlag. Doch die anderen ließen sich nicht vertreiben. Ein Blick nach oben verriet auch wieso. Sie waren uns zahlenmäßig weit überlegen. Und nicht nur das. Jedes Fünkchen Menschlichkeit fehlte in ihnen. Ich brauchte nur in ein paar Augenpaare zu sehen, um zu erkennen, was hier falsch lief. Wir waren nicht gekommen, um sie zu retten, wir würden ihr Futter sein.

Noel und Viviane liefen auf den obersten Käfigen auf und ab, das Gesicht auf mich gerichtet, als würden sie eine Beute fixieren.

Ich war unfähig zu reden.

Plötzlich ging das Licht an und das sonst so schummrige Verlies wurde grell erleuchtet. Von irgendwoher knisterte es in Lautsprechern.

»Meinen Glückwunsch«, flötete eine Männerstimme durch die Boxen.

O'Connell!

Im gesamten Zellentrakt war seine Stimme laut und deutlich zu hören.

»Es ist euch nicht nur gelungen, tagelang vor uns davonzulaufen. Ihr habt auch unser Versteck gefunden und seid eingedrungen, um eure Freunde zu retten. Und dann auch noch artenübergreifend. Das nenne ich Zusammenhalt.« Seine Stimme troff vor Sarkasmus. »An dieser Stelle endet euer Abenteuer allerdings.«

Er legte eine bedeutungsvolle Pause ein.

Ich wartete darauf, dass etwas Schlimmes passierte. Dass Hunderte Captoren in den Trakt stürmen würden, um uns alle zu überwältigen oder dass tödliches Gas austreten würde. Doch nichts dergleichen geschah. Die Spannung war greifbar. Ich stellte mir vor, wie O'Connell hinter einem Mikrofon in sich hineingrinste und triumphierend die vielen Monitore, mit denen der Bunker flächendeckend überwacht wurde, nach einem Anzeichen von Schwäche absuchte. Bestimmt nippte er an einer Tasse Kaffee und genoss die Vorstellung. Ich war mir sicher, dass er noch immer ein Spiel nach seinen Regeln spielte.

Als auch nach einer gefühlten Ewigkeit keine Reaktion aus den Lautsprechern kam, begannen meine Freunde neben mir unruhig zu werden. Die anderen Wandler hatten uns vollkommen eingekreist. Es war kaum genug Platz, um Luft zu holen, geschweige denn zu fliehen. Sie waren einfach überall, vor uns, hinter uns, über uns. Und es wurden stetig mehr.

Dann ein Knistern in den Lautsprechern.

Im Flüsterton, kaum mehr als ein Hauchen, gab O'-Connell schließlich den Befehl anzugreifen.

Als hätte man tollwütige Hunde von der Leine gelassen, stürzten sich alle Wandler aufeinander. Freund verbiss sich in Freund. Ein furchtbarer Kampf entbrannte.

Der Fuchs in mir zwang mich dazu, mich zu verwandeln und einem Prankenhieb auszuweichen, den Ben aus Versehen in meine Richtung gesetzt hatte. Ich duckte mich unter den größeren Tieren hinweg und verfolgte Noel, der sich gemeinsam mit Viviane auf Hank gestürzt hatte. Wie wilde Bestien verbissen sich die zwei schwarzen Panther in dem Alligator, der mit seinem mächtigen Schwanz schlug und damit eine ganze Reihe Käfige umriss, die über ihnen zusammenbrachen. Ich kletterte auf die noch stehenden Käfige hinauf, um den Kampf sehen zu können. An mir vorbei stürmte Janis, der mit Ben im Schlepptau einen Bullen jagte, der mit einem Huf in einem kleinen Käfig steckte und nur humpelnd vorankam. Auf der Käfigreihe entdeckte ich Rajani, die sich mit milchig-weißen Augen auf Jeff stürzte. Auf der anderen Seite rannte Finn vor einem Reptii davon. Mitten im Lauf machte er kehrt und stürzte sich mit aufgerissenem Maul auf seinen Verfolger.

Ich brauchte allen Mut, um unter diesen Umständen nicht zusammenzubrechen. Ich musste handeln. Schnell!

Was soll ich nur tun? Wie kann ich sie aufhalten, bevor sie sich noch alle umbringen?

Die Käfigreihe rechts von uns war mittlerweile komplett eingerissen. Die Kämpfe weiteten sich aus und ich war mir sicher, dass der gesamte Zellentrakt bereits tobte.

Ich dachte fieberhaft nach. Das Licht zu löschen würde nichts bringen. Sie würden auch im Dunkeln noch übereinander herfallen. Ich musste etwas anderes tun - und zwar jetzt. Ich sah hinauf an die Decke. Dort befanden sich Sprinkleranlagen, um im Falle eines Feuers Wasser regnen zu lassen. Doch auch das würde nichts bringen. Wasser hielt sie nicht auf.

Mein Blick blieb an einem Lautsprecher hängen, aus dem noch zuvor O`Connells Stimme gedrungen war. Er war es gewesen, der die gefangenen Wandler auf uns gehetzt hatte. Er hatte sie unter seiner Kontrolle und konnte sie steuern, mit einfachen Worten, wie es schien.

Durch das grelle Licht war der gesamte Trakt gut erhellt. Ich entdeckte einen Feuerlöscher, Schränke, in denen sicher Medikamente aufbewahrt wurden und viele Türen, die zu anderen Teilen des Bunkers führten. Und dann sah ich ihn. Ein Mann in weißem Kittel stand mit einem Gewehr bewaffnet auf einem Käfig und zielte blindlings in die Menge. Er feuerte Betäubungs-Pfeile ab. Sicher waren noch mehr von seiner Sorte unterwegs. O`Connell wollte uns alle einfangen!

Ich wusste nicht, was ich tun sollte. Überall fetzten sich meine Freunde und kämpften bis aufs Blut. Für einen Moment kam mir die Vorstellung, sie würden alle friedlich betäubt nebeneinander liegen, verlockender vor als der Kampf. Andererseits was nutzte es, wenn wir alle gefangen waren? Unser Leben wäre nichts mehr wert als Marionette eines Mannes wie O´Connell.

Ich konnte nur eines tun, den Mann aufhalten. Auf geradem Weg sprang ich über die Käfige ans andere Ende des Raumes. Doch ich kam nicht weit. Plötzlich tauchte eine dunkle Katze vor mir auf und versperrte den Weg. Noel.

Es war unverkennbar, dass er es war. Obwohl seinen Augen der vertraute, warme Schimmer fehlte, erkannte ich sein Gesicht immer, selbst in Tiergestalt.

Ich wollte lieber nicht wissen, was er und Viviane mit Hank gemacht hatten. Dafür war auch keine Zeit. Ich selbst war nun sein Ziel.

Noel schnitt mir den Weg ab. Mit geduckter Haltung lauerte er, wartete darauf, was ich tun würde. Als

Fuchs war ich viel kleiner als er, eine Zwischenmahlzeit, wenn überhaupt. In einem fairen Kampf hätte ich nie eine Chance. Und erst recht nicht, wenn ich nicht kämpfen wollte. Wie konnte ich auch? Es ging hier um Noel!

Du musst mich doch erkennen!, flehte ich in Gedanken. Seine Schritte waren langsam, selbst mit dem tosenden Lärm im Hintergrund und in der von Kampflust geschwängerten Luft, war er ganz ruhig. Genauso wie die menschliche Seite in ihm.

Noel, ich bin es doch, Lena!

Ich wich vor ihm zurück, zeigte ihm meine Seite, als Zeichen meiner Unterwerfung, in der Hoffnung, dass ihn das davon abhalten würde, sich wie eine Bestie auf mich zu stürzen. Doch er machte keine Anstalten, von mir abzulassen. Plötzlich tauchte hinter ihm ein zweiter Panther auf. Viviane, in deren Augen genau die gleiche Blutlust stand, kam an seine Seite. Damit war der Weg über die Käfige endgültig blockiert. Ich sah hinab, links und rechts von mir rannten Euun durch die Gänge, verbissen sich Wölfe in Katzen und schlugen Alligatoren mit ihren Schwänzen um sich. Es war zu gefährlich, einen anderen Weg zu nehmen. Zurück konnte ich auch nicht. Ich musste an ihnen vorbei. Ich wusste nur nicht wie, und das machte mich fast wahnsinnig. Unnütze Schuldgefühle drohten, mir den letzten Kampfgeist zu nehmen.

Ein Heulen ertönte in meinem Rücken. Durch einen flüchtigen Blick über die Schulter erkannte ich, dass es

Janis war, der versuchte, alle Wandler, die ihren Verstand noch beieinanderhatten, um sich zu scharen. Der Kampflärm dröhnte in meinen empfindlichen Ohren. Ich glaubte sogar einmal O'Connell zu hören, wie sein grausames Lachen durch die Lautsprecher drang.

Ein Schatten verdunkelte die Leuchtstoffröhre, direkt über uns und kurz darauf rauschte ein schwarzer Vogel über uns hinweg. Und noch einer. Runa und die anderen Aves hatten einen Weg hineingefunden und standen uns bei diesem Kampf bei. Obwohl die Bunkerdecke schon recht hoch war, war sie immer noch viel zu tief, um sicher fliegen zu können. Trotzdem schafften es die Aves, in waghalsigen Manövern meinen Freunden beizustehen. Ob sie noch wussten, wer Feind und wer Freund war, schien fraglich.

Noel und Viviane ließen sich auch davon nicht beeindrucken. Obwohl die etwas kleinere und schmalere Vivi ein paar Mal den Kopf hob und einem Aves hinterher sah, blieb sie an Noels Seite, der weiterhin die Augen auf mich gerichtet hatte. Ich verstand erst nicht, wieso er nichts tat und mich nur anstarrte. Bis mir klar wurde, dass er vielleicht einen Ringkampf mit dem Panther in sich führte. Genauso wie ich damals mit dem Fuchs. Vielleicht bestand noch Hoffnung, ihn zu erreichen?

Im Nachhinein kam es mir extrem leichtsinnig vor, geradezu todesmutig. Doch in diesem Moment war ich so beflügelt von Adrenalin, dass ich mich ohne mit der Wimper zu zucken zurückverwandelte. Ich stand auf und legte meine Fuchsgestalt ab wie ein Kleid. Noel fixierte meine Augen, bewegte sich aber keinen Millimeter voran. Viviane schien ungeduldig zu werden. Sie schnappte nach Runa, die in einem waghalsigen Manöver über uns hinwegflog und sich dann mit einem Adler anlegte, der offenbar unter O'Connells Kontrolle stand.

»Noel, ich weiß, dass du da bist und mich hören kannst«, sagte ich, so laut es nötig war. Ich erinnerte mich an meine letzte Begegnung mit ihm, als er in meiner Haut gesteckt hatte und ich wusste, was zu tun war. Ich hockte mich hin, breitete die Arme aus und sah ihn liebevoll an. »Es ist okay.«

Doch das war es nicht. Im nächsten Augenblick blitzte etwas in Noels Augen auf. Er stürmte nach vorne, warf mich um und stand dann über mir. Seine giftgrünen Augen bohrten sich in mich, als würden sie direkt in meine empfindliche Seele sehen. Vor Schreck blieb mir die Luft weg. Sein schwarzer Körper strotzte nur so vor Stärke und ich wagte es nicht, mich zu bewegen.

Noel … du musst mich doch erkennen. Bitte! Gib nicht auf.

Ich erkannte nichts in ihm wieder. Er war ein Tier. Nichts war mehr von ihm übrig. Und doch wunderte es mich, dass er mich nicht auf der Stelle in tausend Stücke zerriss.

Seine Schwester kam an seine Seite und in diesem Moment reagierte Noel. Es war für mich, als würde die Zeit schleppend langsam voranschreiten. Er öffnete sein Maul, seine Reißzähne waren meinem Gesicht so nahe, dass ich nichts anderes mehr sehen konnte. Doch der tödliche Biss blieb mir erspart.

Runa stürzte sich auf Noel, riss ihn von mir herunter und er fiel in den Gang zu meiner Rechten, wo das Hufgetrappel Dutzender Euun zu hören war. Noel war verschwunden, niedergetrampelt.

Mit Schrecken in den Augen sah ich ihm nach, wagte es aber nicht, mich zu bewegen. Seinen Platz nahm Viviane ein, die weit weniger Geduld hatte und sofort auf den Punkt kam. Mit aufgerissenem Maul schnellte sie auf meinen Hals zu. Ich schrie auf und stemmte mich gegen ihren Körper, verwandelte mich in den Fuchs und huschte unter ihr weg. Eine wilde Verfolgungsjagd über die Käfige entbrannte.

Viviane ließ mich keine Sekunde aus den Augen. Als würden wir in einer Arena um die Wette laufen, durchquerten wir die Halle. Viele der Käfigreihen waren bereits eingerissen. Ich musste springen und dachte dabei immer noch darüber nach, was ich tun könnte, damit die Kämpfe endlich aufhörten. Im Kreis scheuchte mich Viviane durch den großen Raum. Mehrmals kamen wir an der Stelle vorbei, wo Noel gestürzt war. Jedes Mal hoffte ich, ihn zu sehen und jedes Mal wurde ich enttäuscht. Ich machte mir wirklich große Sorgen um ihn.

Viviane war die Verfolgungsjagd irgendwann leid, sie schien keine Geduld mehr zu haben. Als wir nach einer nächsten Runde um die Ecke preschten, sprang sie über mich hinweg, ließ die Käfige hinter sich umstürzen und versperrte mir den Weg. Hinter mir klaffte eine Lücke, in der noch immer die Kämpfe tosten. Ich war gefangen auf einem einzigen Käfig und hatte keine Chance, lebend aus dieser Sache rauszukommen.

Ein Schatten näherte sich von der Seite. Noel schoss aus dem Gang nach oben, doch anstatt sich gemeinsam mit Viviane auf mich zu stürzen und mir die Kehle aufzuschlitzen, hielt er seine Schwester davon ab, mich zu töten. Etwas unglücklich drückte er sie beiseite und sah dann mit Sorge in den Augen zu mir hinab.

Noel!

Viviane schien wenig begeistert davon und stürmte mit ausgefahrenen Krallen herbei, doch anstatt mich zu erwischen, traf sie Noel, der sich schützend vor mich gestellt hatte. Er ging zu Boden und legte sein schwarzes Fell ab. Ich begriff erst nicht, was geschehen war. Bis ich ihn sah: Ein Pfeil steckte in seinem Bein.

Ich riss den Kopf herum.

Der Mann mit dem Gewehr in der Hand, der mir vorher schon aufgefallen war, stand noch immer auf den Käfigen. Ich war mir unsicher, ob er gezielt hatte oder willkürlich in die Menge schoss. Irgendetwas an ihm war anders, aber ich konnte diesen Gedanken nicht zulassen. Der Kampf um mein Überleben forderte meine volle Aufmerksamkeit. Als sich unsere Blicke trafen, hob er die Hand, ganz so als würde er winken. Doch das konnte nicht sein. Mein Gehirn spielte mir eindeutig einen Streich.

Hinter mir spürte ich noch immer Viviane. Sie setzte zu einem nächsten Angriff an und wurde mitten im Flug von einem Pfeil getroffen. Sie verlor die Kontrolle über ihren Körper und fiel über mich hinweg in den Gang. Ich rollte mich zur Seite und sah ihr nach. Sie hatte sich ebenfalls zurückverwandelt. Schwarze Haare rahmten ihren schlaffen, dünnen Körper ein. Sie rührte sich nicht.

»Le ... na«, erklang Noels Stimme, es war nicht mehr als ein Flüstern. Zitternde Finger schoben sich in mein Fell. Ich verwandelte mich und ergriff seine Hand. Er war schwach und konnte die Augen kaum offenhalten.

»Tut ... mir leid.«

»Es ist okay. Beweg dich nicht. Du ... bist wieder du, das ist alles, was zählt.« Tränen verschleierten meine Sicht.

Noel schloss lächelnd die Augen. Seine Hand umschloss meine mit aller Kraft, zu der er fähig war. Ich sah panisch auf ihn hinab.

Es ist doch nur eine Betäubung, oder?

»Noel?« Ich rüttelte an seiner Schulter. Träge hoben sich seine Lider, doch kurz darauf glitten seine Pupillen nach innen.

»Noel, wach auf!« Er rutschte beinahe vom Käfig. »Bleib bei mir, bitte.« Ich küsste seine Stirn, rieb über seinen Handrücken. Ich wusste nicht, was ich tun sollte.

Verzweifelt sah ich mich um und erkannte, dass die Kämpfe aufgehört hatten. Überall lagen Wandler herum - reglos oder erschöpft. Ich entdeckte Jeff, wie er Rajani die Haare aus dem Gesicht strich, um sie sanft zu wecken. Ganz weit entfernt glaubte ich Matteo zu sehen, der etwas in den Armen hielt, das an einen roten Wischmopp erinnerte.

Ein letzter Pfeil schoss durch die Luft und traf einen Dingo, der in sich zusammenfiel. Ich sah Janis, der Runa stützte, die sich offenbar den Arm gebrochen hatte und all die anderen, die mit mir hierhergekommen waren, um ihre Freunde zu retten. Sie waren alle lebendig. Nur die, die gefangen gewesen waren, waren betäubt.

Bitte, seid nicht tot!

»Lena ...«

»Noel!« Er hob die Hand, die ich sofort drückte. »Geht es dir gut?«

Er nickte schwach.

»Kannst du aufstehen?«

Ich war so erleichtert darüber, dass er wach war, dass ich nur entfernt mitbekam, wie Captoren in den Raum stürmten. Erst als ich menschliche Schreie vernahm, wurde ich darauf aufmerksam. Ich saß mit Noel noch immer auf den Käfigen und sah hinüber zu der Stelle, wo der Mann mit dem Gewehr gestanden hatte und mir wurde klar, dass er kein Feind gewesen war. Er war ein Freund. Er hatte irgendetwas mit Noel und den anderen gemacht. Er hatte selbst Viviane ihre menschliche Gestalt zurückgegeben. Und nun war er nicht mehr zu sehen.

Nur widerwillig löste ich mich von Noel und stand auf. Da hörte ich Schüsse und sah, wie die Captoren gleich darauf fluchtartig den Raum verließen. Meine Beine trugen mich fast von alleine hinab in den Gang. Im Eiltempo lief ich zu den Männern und Frauen in weißen Kitteln, die zum Sterben liegengelassen worden waren.

Ich sah in jedes Gesicht und fand endlich den Mann, der Noel vor sich selbst gerettet hatte. Er hielt sich die linke Brust. Blut quoll zwischen seinen zitternden Fingern hervor.

»Lena.« Er lächelte. Irgendetwas an ihm kam mir bekannt vor. Instinktiv hockte ich mich zu ihm, nahm seine Hand, die nicht blutverschmiert war, und hielt sie fest. »Du siehst aus wie deine Mutter«, sagte er mit liebevollem Blick.

»Du ... kanntest meine Mutter?« Jegliche Farbe wich mir aus dem Gesicht.

»Sehr gut sogar.« Er hustete. Sein Körpergeruch strömte mir in die Nase. Ich kannte ihn und diese Stimme ...

Plötzlich ertönte ein grauenvoller Lärm. Ein Warnsignal dröhnte so laut, dass man nichts anderes mehr hören konnte. Das Licht war erloschen, stattdessen blinkten rote Lampen im Sekundentakt auf. Das bedeutete nur eines: Wir waren alle in großer Gefahr!

»Was passiert hier?«, rief ich vollkommen hilflos.

»Ihr ... müsst fliehen«, krächzte der nette Mann. »Sie ... zerstören ... das Labor.«

Panik machte sich breit. Ich sah instinktiv zu Noel, der im Gang auf mich zugehumpelt kam. Vivi stützte sich auf ihn.

»Lena ...« Der Mann hielt meine Hand fest. »Vergib mir, ich hätte ... dir ein besserer Vater sein sollen.«

Was?

Mit allerletzter Kraft schenkte er mir ein Lächeln. Dann ging ein Ruck durch seinen Körper - er erschlaffte. Seine Augen sahen ins Leere. Er war tot.

Das Alarmsignal und die Panikrufe gerieten in den Hintergrund. Es war, als würde die Zeit stillstehen, während ich auf das leblose Gesicht des Mannes hinabsah.

Meine Eltern waren tot, bei einem Unfall gestorben. Das hatte man mir immer gesagt. Dieser Mann hier schien mich zu kennen, er nannte mich beim Namen, er kannte sogar meine Mutter. Konnte er wirklich … mein Vater sein?

»Lena!« Noel schleppte sich zu mir. »Wir müssen hier raus.«

»Aber …«

»Er ist tot. Wir leben noch. Wir müssen fliehen, bevor es zu spät ist.«

Er hatte recht und doch fiel es mir schwer, den Mann liegen zu lassen, der mich - der uns alle - gerettet hatte.

Noel war es schließlich, der mich auf die Beine zog, meinen Arm um seine Schultern legte und mich neben Vivi mit sich schliff. Mit Rufen und Handfuchteln brachten wir die anderen dazu, uns zu folgen. Noel kannte den Weg zum Lüftungsschacht offenbar gut, denn er führte uns auf direktem Weg dorthin. Als er die Tür öffnen wollte, wurde sein Gesicht kreidebleich.

»Verschlossen.«

»Nein …« Mir schwindelte. Das durfte einfach nicht sein.

»Lasst mich mal!«, dröhnte es durch unsere Reihen. Hank drängelte sich nach vorne. Mit seinem massigen Körper und den dicken Armen konnte er die Tür bestimmt einrennen.

So einfach, wie ich mir das vorgestellt hatte, war es dann doch nicht. Hank brauchte vier Anläufe und all seine Muskelkraft, um zu erkennen, dass die Verriegelung nicht zu lösen war. Mit einem Schlag seines mächtigen Schwanzes, beulte er die Tür dann so weit ein, dass wir uns alle hindurchzwängen konnten. Noel und ich gingen voraus, zeigten den anderen den Weg durch den Schacht, der zum Glück noch offen war.

In Tiergestalt krabbelten wir nacheinander nach oben in die Freiheit. Hinter uns wurde das unaufhaltsame Dröhnen der Alarmanlage dumpfer, leiser, bis davon schließlich gar nichts mehr zu hören war.

Kaum hatte die Hälfte von uns die Oberfläche erreicht, gab es eine Erschütterung, die einem Erdbeben gleichkam. Wir warfen uns in den Schnee und warteten darauf, dass es aufhören würde. Die letzten Wandler schleppten sich aus dem Schacht, bevor eine heiße Dampfwolke daraus hervorschoss und den umliegenden Schnee zum Schmelzen brachte. Erschrocken sah ich vom Schachtausgang zu den anderen. Wir waren sehr viele und ich konnte absolut nicht einschätzen, ob es alle geschafft hatten, zu entkommen.

Mir wurde erst nach Sekunden bewusst, was passiert war. O'Connell hatte das Labor dem Erdboden gleichgemacht. Er hatte alles zerstört - Menschen, Wandler, Forschungsergebnisse: einfach alles!

Doch wir lebten. Wir waren entkommen und es war an uns, all jene zu rächen, die es nicht geschafft hatten.

Neben mir lag Noel, wild atmend und so weiß im Gesicht wie der umliegende Schnee.

Eine Welle der Zärtlichkeit überkam mich, als mir klar wurde, dass er lebte, dass er bei mir war. Er hatte mich gerettet und nun ich ihn.

Er musste meinen Blick wohl bemerkt haben, denn auf einmal breitete sich ein Lächeln auf seinen Lippen aus.

»Was denn?«, fragte er.

»Wir ... haben es geschafft«, sagte ich. Ich musste schwer schlucken, um die aufkommenden Gefühle zurückzuhalten.

»Ja ...« Noel setzte sich auf. »Ich wusste, dass du zurückkommen würdest. Du hast nicht nur mich gerettet, Lena, sondern auch alle anderen. Ich hoffe, dir ist klar, dass du die Heldin des Tages bist.«

Röte stieg mir in den Kopf. Verlegen drehte ich den Kopf weg. »Das war ich nicht alleine. Ich hatte Hilfe. Ohne Janis, Runa und die anderen hätte ich es niemals geschafft.«

Noel wollte noch etwas sagen. Doch dazu kam er nicht. Finn stürmte auf mich zu, wie ein Wirbelwind, den man nicht aufhalten konnte. Dass er dabei über seine eigenen Füße stolperte, interessierte ihn nicht.

»Lena!« Er riss mich mit sich in den Schnee. Eine Wurzel bohrte sich in meinen Rücken und schickte eine Schmerzwelle durch meinen Körper. Ich musste kurz nach Luft schnappen, bevor ich ihn ebenso an mich drückte.

»Finn, Gott sei Dank, es geht dir gut!«

Matteo, Janis und die anderen Ferae sammelten sich bei Noel, der soeben von Rajani umarmt wurde. Während Finn lachend in meinen Armen lag, wurde ich Zeuge, wie Matteo lächelte - ehrlich und aufrichtig. Mit einem liebevollen Blick beobachtete er die Szene. Finn half mir auf die Beine und umarmte mich erneut, einfach weil ihm danach war. Doch diese Umarmung war anders, intensiver, näher, ernster.

»Ich weiß nicht, was aus uns geworden wäre, wenn du uns nicht gerettet hättest.«

»Ohne Hilfe hätte ich es niemals geschafft«, beteuerte ich erneut.

»Niemand hätte die Camps einen können, niemand außer dir.«

Seufzend löste ich mich von ihm. »Es war nicht allein mein Verdienst. Janis hat den Großteil getan. Er hat die anderen Wandler gerettet, er hat sie vereint und mit ihnen einen Plan ausgearbeitet. Ich war daran nicht beteiligt.«

»Ich hätte damit niemals angefangen, wenn du mich nicht dazu gebracht hättest«, sagte Janis dazu. »Und ohne dich hätten wir den Eingang zum Bunker nie gefunden.«

Meine Wangen glühten. Ich wurde wahrhaftig Zeuge davon, wie sie mich alle verehrten - als Heldin. Auch wenn ich viel zu bescheiden dafür war, konnte ich nicht anders, als zu lächeln.

Der innige Moment wurde zerstört, als Alo, Runa, Hank und die anderen Anführer in die Runde traten.

»Was wird das? Wollt ihr Lena jetzt eine Krone aufsetzen oder was?« Runa sah mich herausfordernd an. »Wir haben viele verloren.«

»Wir sollten verschwinden«, sagte Hank. »Die Captoren müssen noch in der Nähe sein. O'Connell und seine Männer sind mit Sicherheit entkommen und lauern uns auf.«

»Oder sie hauen ab und formieren sich neu«, überlegte Runa.

»Kennt jemand ein gutes Versteck?«, fragte Alo.

»Versteck? Vergesst es, wir verstecken uns nicht mehr«, warf Jeff ein, der sich ebenfalls in die Runde drängelte. »Die Welt soll erfahren, was hier passiert ist. Nur so können wir verhindern, dass die Quälerei weitergeht.«

Stille breitete sich aus.

»Vor allem brauchen wir etwas um die vielen Verletzten zu versorgen. Essen und ein Schlafplatz für die Nacht wäre auch nicht schlecht«, sagte Alo.

»Da weiß ich eigentlich nur einen Ort«, sagte Janis. »In unserem alten Camp. Dort wird sicher niemand mehr sein.«

»Gute Idee«, pflichtete ihm Ben bei.

Ich sah zu Noel, der zustimmend nickte. Also war es entschieden. Wir würden im Camp darüber sprechen, wie es weiterging.

Die meisten wandten sich zum Gehen. Ich blieb auf einmal reglos stehen, als ein Mädchen auf mich zugehumpelt kam. Mit ihrer blassen Haut, den langen schwarzen Haaren und dem hohen Wuchs sah sie aus wie eine weibliche Noel.

Viviane …

Sie war wirklich seine Zwillingsschwester. Genau die gleichen stolzen, grünen Augen, die gerade Nase, die dunklen Schatten unter den Lidern.

Sie wollte etwas sagen, doch dazu kam es nicht. Ich umarmte sie wie eine alte Freundin.

»Schon gut, du wusstest nicht, was du tust«, sagte ich und bemerkte, dass selbst ihr Körpergeruch Noel ähnelte. Als ich mich von ihr löste, glitzerten Tränen in ihren Augen. Sie wischte sie eilig weg, als wäre es eine Schande, sie zu zeigen.

»Ich wollte nur danke sagen.« Ihre Gesichtszüge verhärteten sich gleich darauf, als wäre es eine Schande, Schwäche zu zeigen.

Ich lächelte. Denn es war mir für einen Moment gelungen, in ihr Herz zu blicken.

Auf dem Weg zu unserem alten Camp schneite es so heftig, dass wir nur langsam vorankamen. Viele der anderen Campmitglieder verabschiedeten sich nach und nach. Sie wollten nach weiteren Überlebenden suchen oder in ihre eigenen Camps zurückkehren.

Wir Ferae und meine Freunde aus den anderen Camps blieben geschlossen zusammen. Wir alle hatten etwas abbekommen, manch einer konnte nicht mal richtig laufen. Trotzdem ließen wir niemanden zurück. Runa und zwei ihrer Freundinnen waren so nett die Schwerverletzten immer wieder kleinere Stücke zu fliegen, damit wir alle zusammenbleiben konnten. Wir waren hungrig, durstig, müde und erschöpft. Die Kälte des Winters zwang uns beinahe in die Knie, auf unserem Weg zum Camp, in dem ein kuscheliges Bett, ein warmes Feuer und jede Menge Essen und Medizin auf uns wartete.

Als wir uns am Abend dem Ferae-Camp näherten, beschlich mich das ungute Gefühl, dass uns nicht gefallen würde, was wir sahen. Und so war es dann auch. Das Camp existierte nicht mehr. Alle Hütten waren eingerissen. Unsere Betten unter Bretterhaufen begraben. Die Feuerstelle war zertreten, überall Spuren der Verwüstung. Grobe Reifenabdrücke bewiesen, dass wir nicht lange nach einem Schuldigen suchen mussten.

»O`Connell und seine Captoren.«

Ich sah Rajani ins Gesicht. Sie wirkte angespannt, weniger fröhlich als früher. Sorgenfalten breiteten sich rund um ihre Augen aus.

»Wer sonst«, sagte Jeff, der zwischen uns trat. In seinen Goldaugen funkelte es kampfeslustig. »Dafür wird er bezahlen und auch für alles andere.«

Obwohl ich große Trauer fühlte, für all diejenigen, die gefallen waren und noch fallen würden, wurde mir in diesem Moment bewusst, dass es kein Zurück mehr gab. Das, was einstmals unser Zuhause gewesen war, war zerstört, eine Lüge. Im Grunde hatte es nie existiert.

»Was wird nun aus uns? Wo sollen wir hin?« Finn sah mich fragend an.

»Wir jagen sie und ziehen jedem einzelnen Captor die Haut von den Knochen«, knurrte Matteo.

»Wir reißen sie in Stücke«, warf Rajani ein. »Sie werden dafür leiden, was sie uns angetan haben.«

»Was meinst du dazu, Lena. Was willst du tun?«, fragte Janis, woraufhin alle still wurden und mich ansahen.

Was mich vorher peinlich berührt hätte, machte mir jetzt keine Angst mehr.

»Wir werden kämpfen«, sagte ich leise. »Aber vorher müssen wir mehr erfahren. Wie viele Wandler gibt es wirklich? Wo halten sie sich auf? Wir werden jede Hilfe brauchen, die wir kriegen können, wenn wir das wirklich durchziehen wollen.«

»Wo willst du anfangen?«, hakte Noel nach.

»Ich will nach Hause.«

»Nach Deutschland? Ist das nicht gefährlich?«, rief Finn dazwischen.

»Garantiert. Aber ich muss es einfach tun. Meine Tante und ihr Freund leben dort und sie wissen etwas. Ich weiß nicht, ob sie uns helfen können oder nicht. Ich weiß nur, dass ich es versuchen muss.«

»Du willst etwas über deine Eltern herausfinden«, schlussfolgerte Noel. Er war der einzige, der etwas davon mitbekommen hatte.

Ich nickte. »Ich muss einfach mehr wissen. Sie müssen ebenfalls Wandler gewesen sein. Der Mann im Labor hat gesagt, dass er meine Mutter kennt und ... dass er mein Vater sei. Ich will die Wahrheit wissen.«

»Ich komme mit dir.«

»Wirklich?«

»Ja.« Noel nahm meine Hand.

»Du wirst Hilfe brauchen, Lena. Jemanden, der die Captoren für dich aufmischt«, sagte Rajani mit einem wissenden Grinsen.

»Und jemanden, der für gute Laune sorgt«, fügte Finn hinzu.

»Und dich zurück auf den Teppich holt«, brummte Matteo.

Ich war überwältigt davon, dass sie alle mit mir kommen wollten. Vor Freude sammelten sich Tränen in meinen Augen.

»Ich weiß nicht, was ich dazu sagen soll«, gestand ich voller Rührung. »Danke. Das werde ich euch nicht vergessen.«

»Ich komme auch mit, Bruder«, sagte Viviane, die ich noch nicht richtig einschätzen konnte.

»Ich hoffe, ihr vergesst nicht den wichtigsten Mann.« Jeff erschien hinter mir.

»Oh nee, nicht der.« Matteo sah nicht glücklich aus.

»Ich fürchte, wir werden ihn mitnehmen müssen. Unseren Prinzen«, sagte ich grinsend.

»Warte, was?« Rajani sah überrascht zu Jeff. Dieser stellte sich noch etwas gerader hin. »Lena, ist das wahr?«

»Lange Geschichte. Erzähl ich dir später.«

»Jetzt sollten wir von hier verschwinden, bevor der nächste Trupp anrollt«, sagte Ben und damit hatte er recht. Wir wussten nicht, ob O'Connell und seine Leute noch in der Nähe waren. Vielleicht waren sie fort, vielleicht jagten sie uns noch immer.

Wir schnappten uns alles, was wir in den Trümmern finden konnte, was essbar aussah oder Wärme und Trockenheit versprach, und stopften unsere Rucksäcke und Taschen voll damit. Wir bargen Viktors Jeep, den er für Notfälle hinter seiner Hütte versteckt hatte. Nachdem wir das ganze Geäst und Laub entfernt hatten, erschien darunter ein großer fahrbarer Untersatz, in dem neun Personen Platz hatten.

Ich zählte durch: Noel, Viviane, Finn, Matteo, Rajani, Jeff, Janis und Ben standen bereit. Mit mir waren wir genau neun. Doch es gehörten noch viel mehr zu unserer Truppe. Runa stand mit ihren Aves-Freundinnen neben uns und deutete auf ihre Arme. »Wir fliegen euch hinterher.«

Alo und fünf Euun nickten uns zu. »Als Wild werden sie uns nicht verdächtigen. Wir finden einen Weg.«

»Gut«, sagte ich. »Wir sehen uns alle wieder.«

Als wir das Camp hinter uns ließen, sah ich ein letztes Mal wehmütig zurück. Niemals hätte ich für möglich gehalten, dass mir der Abschied schwerfallen würde.

Die Captoren hatten alles versucht, um uns zu entzweien. Sie hatten die Camps geschaffen, um uns gegeneinander aufzuhetzen, in Spielen unser Leben zu riskieren. Im Hintergrund hatten sie die Fäden gezogen und durch die Lehrer auch uns kontrolliert. Das war nun vorbei. Die Akademie war gescheitert. Die Campleiter waren wie vom Erdboden verschluckt. Ich war mir sicher, Viktor eines Tages wieder zu begegnen. Ob als Freund oder Feind, wusste ich nicht zu sagen. Auch Zofia und Kieran fehlten. Sie waren sicher längst geflohen - Feiglinge.

Alle überlebenden Schüler, die mit uns aus den Laboren geflüchtet waren, suchten ihr Glück woanders.

Ich wusste nicht, ob wir sie jemals wiedersehen würden. Ich hoffte es. Denn auch in den anderen Camps hatte ich Freunde gefunden. Und ich wollte nicht, dass ihnen jemand etwas antat. Kein Wandler verdiente es, in einen Käfig gesperrt und als Versuchstier missbraucht zu werden. Wir waren Menschen und Tiere gleichermaßen. Wir waren dazu in der Lage, Gefühle zu empfinden und besaßen tierische Instinkte. Trotzdem waren wir nicht besser oder schlechter als die Menschen. Wir waren nur anders. Und ich wollte dafür kämpfen, dass wir einen Platz in dieser Welt erhielten. Für ein bisschen Frieden und Glück war ich bereit, alles zu geben.

Ende Staffel 1

Fan werden und keine Episode verpassen!

www.facebook.com/amberauburn.autorin
Mail: amber.auburn@gmx.de

Und so geht es weiter:

Staffel 2

Episode 13

Wird es Lena und ihren Freunden gelingen, ungesehen nach Deutschland zu kommen?

Wie werden Tante Rita und Karl auf den überraschenden Besuch reagieren?

Was wissen die beiden und welche Geheimnisse wird Lena noch alles aufdecken?

Das alles und noch mehr erfährst du in der nächsten Episode der Academy of Shapeshifters-Serie.

coming soon …

22881585R00045

Printed in Great Britain
by Amazon